Cinza

Revisão - Raquel Moraes

Capa - Juliano Fogaça
("Curvas de nível", arte a partir
do mapa altimétrico do município de Curitiba)

© Editora Arte e Letra, 2023

M 929
Moura, Lucas Barros
Cinza / Lucas Barros Moura. – Curitiba : Arte & Letra, 2023.

56 p.

ISBN 978-65-87603-46-9

1. Contos brasileiros   I. Título

CDD   869.93

Índice para catálogo sistemático:
1. Contos: Literatura brasileira   869.93
Catalogação na Fonte
Bibliotecária responsável: Ana Lúcia Merege - CRB-7 4667

Arte e Letra

Curitiba - PR - Brasil
Fone: (41) 3223-5302
www.arteeletra.com.br - contato@arteeletra.com.br

Lucas Barros Moura

Cinza

exemplar nº 106

Curitiba
2023

Sumário

7 Viação Carinhosa

23 Cachorrinho

33 As sobras

VIAÇÃO CARINHOSA

— Veio boa a marmita — diz Yvete.

Maurício mistura o arroz ao molho do frango.

— Se eu fosse você — ela continua —, deixava o resto pra amanhã, que essa é a última.

Ele quer que Yvete cale a boca. Tudo ficaria melhor se ela calasse a boca e não voltasse a falar.

— Sabia, Maurício? Proibiram a marmita.

— Ah, é?

— Proibiram, agora não pode mais dar de comer pra nós. — O riso de Yvete morre com uma garfada.

Tampas de isopor se abrem em volta deles. A fila ainda dobra a esquina, gente de todas as idades, famílias inteiras, muitos ali pela primeira vez. Yvete mordisca devagar uma coxa por conta dos machucados no rosto, já Maurício devora com vontade o frango no molho — gorduroso, bem salgado e com muito arroz. Enquanto mastiga, ele examina os próprios pés enfiados nos chinelos, pálidos, parecendo dois peixes doentes. Perdeu os sapatos na briga da última madrugada. A certa altura não se sabia se era ele quem defendia Yvete do ataque daqueles homens ou se era ela que o protegia.

— Você sabe que eu não roubei merda nenhuma deles, né Maurício?

Na noite seguinte, voltam ao ponto da marmita e encontram apenas uma nova viatura da guarda municipal. O carro dos voluntários não vem mais.

— Te disse.

Maurício enfia as mãos nos bolsos e tenta se concentrar com alguma dignidade num ponto vazio da praça. Motocicletas aceleram com comida para os bairros, disputando com ambulâncias que correm tanto quanto elas. Depois da rua vem o quê? Nada é para além da rua, então caminham.

Todas as portas estão baixadas no Centro, no São Francisco não é diferente. A Riachuelo está deserta, exceto por um bando aglomerado na penumbra de uma marquise. Maurício pensa reconhecer um dos homens que atacaram Yvete e a puxa para a outra calçada.

— Casal! — O grito ecoa na rua vazia.

Eles são seguidos por passos apressados. Maurício sente Yvete crescer ao seu lado, rígida, aperta as alças da mochila e se prepara para correr.

— Ô, casal!

Dessa vez é a voz suplicante de uma moça, ela vem sozinha, desesperada.

Um companheiro foi assassinado por quatro caras com barras de ferro enquanto dormia. As pernas compridas escapam pela sombra da marquise na calçada, a parte de cima do corpo está coberta com uma manta escurecida pelo sangue, e em volta dela se formou uma poça do líquido grosso, quase preto. Há um cachorro em pele e osso, triste e lúcido, deitado perto do amigo. Dois homens o velam em silêncio e um terceiro circula a esmo, murmurando palavras incompreensíveis e chutando portas e sacos de lixo. Há ainda um quarto, mais afastado. Ele rói as unhas e tem o antebraço tomado por uma ferida infeccionada.

— É o Júlio César? — pergunta Yvete, se aproximando do corpo.

A kombi branca entra na Riachuelo a algumas quadras de onde eles estão. Maurício aperta o braço de Yvete, desesperado para saírem dali, mas ela puxa o braço com força e aponta para os pés do cadáver:

— Esse sapato é do Maurício — diz olhando para as pessoas, deixando que vejam bem como ficou seu rosto. Então se abaixa, tira os sapatos do morto e pousa com jeito cada pé de volta na calçada. — O Maurício precisa do sapato dele.

A kombi estaciona. Logo virá o IML, a polícia e a imprensa, mas os dois estão longe na Treze de Maio quando ouvem as sirenes.

Maurício contrai os dedos nos sapatos apertados. Ele não dormiu, está enrolado no cobertor, passa um celular de uma mão para a outra e levanta a cabeça apavorado a cada barulho de motor na rua. Faz mais de mês que o telefone está desligado — às vezes o liga na esperança de uma proposta de emprego, mas só encontra as centenas de chamadas que continuam chegando de um DDD amargamente conhecido.

É a primeira noite que o frio vem com essa violência. Yvete disse que em algumas semanas amanheceria gente morta na rua. Ela tem um espasmo, vira para o outro lado e continua dormindo com um ronco carregado que não tinha antes. Na gola da blusa dela há um remendo bem-feito, que parece ter sido costurado por mãos gentis. Dormindo se vê como é frágil. Yvete boa... Yvete problema. Maurício levanta e joga a mochila nas costas, pega a mala de roupas no esconderijo e anda.

Mulheres uniformizadas descem encolhidas do primeiro ônibus da manhã. Mesmo de costas e com as máscaras, se vê a fumaça da respiração emanando delas na distância. Maurício vai até o tubo e abre o pequeno alçapão que esconde uma torneira na calçada, lava o rosto, bebe água e cospe na grama a lembrança do frango no molho. Vem o próximo vermelhão. Ele toma impulso e entra pela porta quatro. Osório, Rui Barbosa, Eufrásio Correia, ... o Centro vai ficando para trás nas janelas embaçadas.

Na rodoviária, segue direto ao guichê da Viação Carinhosa — os preços aumentaram, voltar para casa dos tios custará mais de duzentos reais e horas de espera. Desce as escadas e fica no terminal estadual olhando as poucas pessoas que chegam apreensivas, mascaradas e cheias de casacos. É o mesmo terminal onde desembarcou um tempo atrás, quando fugiu para Curitiba. Daria qualquer coisa por outra noite como a daquela viagem — a poltrona era tão macia que o corpo não tinha peso. Luzinhas flutuavam acima das cabeças no escuro, se ouviam apenas sussurros tranquilos, o chiado dos pneus no asfalto e o assobio ocasional do motor do ônibus. Nem sequer era preciso respirar, bastava fechar os olhos para dormir um sono pesado. A poltrona ao lado veio desocupada, no que Maurício viu o primeiro aceno de um futuro de sorte na capital. Durante a manhã, ouviu no repeat os álbuns de punk que tinha no celular, e a música lhe disse mais uma vez que ele estava certo em desobedecer.

Chegando a Curitiba, ficou num hotelzinho no Centro, e gostou do charme marginal do quarto úmido e mal-iluminado. Começou a receber ligações de casa no mesmo dia. Ignorava todas, só daria notícias quando tivesse um emprego — queria ser vendedor numa loja de discos, mas pegaria qualquer coisa, fosse no comércio ou mesmo telemarketing — então ele mesmo ligaria aos tios para dizer que não voltaria nunca mais e que fossem para o inferno. Dias depois, porém, veio a pandemia. A quarentena não deveria durar mais que duas semanas, mas em pouco tempo a cidade fechou, não havia mais empregos e o dinheiro que trouxe não deu para nada.

Maurício alisa o celular no bolso e passeia com esperança o dedo pelo liga-desliga. Podem expulsá-lo da rodoviária por não estar de máscara, então entra no banheiro. Não se importa com o cheiro de cloro e merda. No espelho turvo há uma versão sua esquelética, envelhecida e apavorada, vestindo o blazer cinza que não usava quase nunca na antiga vida.

A tela do telefone acende, leva alguns segundos para pegar sinal e ele descobrir que há muito tempo pararam de procurá-lo. Ele sacode a cabeça, implora, sai do banheiro e volta várias vezes com o celular para o alto, mas não há nenhuma ligação nem mensagens novas. Em pânico, entra correndo na cabine e expele um jato fraco de diarreia feita quase só de água, fecha os olhos e fica ali, com a cabeça pendendo entre os joelhos.

Ele sabe que deve escolher a liberdade ao medo — pedir socorro significa desistir, rastejar de volta para o campo e viver com as mãos enfiadas na terra junto daquela gente. Digita o número diversas vezes, mas não consegue, não quer ir até o fim. De um só golpe desliga o telefone, guarda-o na mochila e sai do banheiro.

Uma agitação o acompanha desde a rodoviária. Ele tira os sapatos e avança descalço numa caminhada febril pela Sete de Setembro, girando a mala no ar e dando ombradas raivosas em pessoas imaginárias. Só para de andar quando chega às Mercês.

As coisas ainda estão no esconderijo, ele senta num degrau que pegue sol e mantém a mochila protegida entre as pernas.

— Olha quem apareceu!

Yvete vem gingando do outro lado da praça. Seu rosto está menos assustador que ontem, e o corte no lábio começou a secar.

— Tentou ir embora de novo?

— É da tua conta, por acaso?

— Não precisava ter deixado tua jaqueta boa pra mim — diz ela, dando a ele um sanduíche enrolado em papel alumínio.

Ele sabe no que Yvete está pensando, é um olhar superior e de falsa piedade que ela tem. O mesmo de quando ele tenta não sujar a roupa e os sapatos na rua, ou quando entregava currículos no farol e aos voluntários da marmita. Muitas vezes, se dá uma ideia ou uma opinião, ela fica olhando desse jeito, deixando as palavras dele reverberando sem resposta, de propósito, para que ele perceba sozinho como é burro.

— Vem aqui — ela chama —, tenho que te mostrar uma coisa.

No poste da esquina, Yvete aponta para o cartaz com a foto de um cachorro: Lulu da Pomerânia branco perdido, família desesperada, gratificação generosa em dinheiro, telefone, endereço, portaria 24 horas, sem perguntas.

— E eu com isso, Yvete?

— Olha quem eu achei! — Ela cruza pelos aparelhos de ginástica e se enfia no canteiro de plantas, destampa um caixote de feira escondido entre a mureta e uma árvore e tira de dentro uma enorme bola de algodão com olhos apavorados.

— Até que ele parece você! — Ela ri — Bem branquinho, bem bebezinho...

— É o do cartaz?!

— Claro que é! O prédio é aqui perto, vamo lá devolver. Você pega o dinheiro e vai embora — diz, num tom resignado — Quer ou não quer?

A coragem que acompanhava Maurício começa a dar lugar ao medo. Ele põe na boca o último pedaço do sanduíche e olha em volta como se algo ainda pudesse mudar. A única resposta possível toma forma em sua cabeça, basta que ele a aceite.

Ele assiste de longe: do outro lado do portão, uma moradora viu Yvete e não tem coragem de sair. O interfone manda Yvete esperar na entrada de serviço e, da entrada de serviço, ela é expulsa.

— Melhor se for você — diz ela, disfarçando um raro constrangimento — e não deixe te passarem a perna!

Atravessar a rua com o cachorro junto ao peito causa em Maurício uma ternura desconcertante, que logo ele trata de afastar. O desgraçado que expulsou Yvete agora lhe faz uma pergunta no interfone — "Pois não?" Maurício quer quebrar o pescoço do cachorro na câmera, quem sabe só o devolva em troca de uma cama para morrer de fome naquela torre de vidro.

A voz pede que ele aguarde.

Uma moça gorda, de avental e touca, surge pela porta do prédio. Ao ver o que ele traz no colo, sorri com todo o rosto atrás da máscara e corre os últimos metros até ele.

— Você espera só um minuto? — pede ela, simpática — Eu já volto!

Vai embora agarrada ao cachorro e volta com três sacolas de supermercado.

— Desculpa a demora, isso aqui é pra você.

— E o dinheiro? — Maurício pergunta ao receber as sacolas.

— Olha, não me falaram nada de dinheiro. — Ela fecha o portão e esconde depressa as mãos no bolsão do avental.

— No cartaz tá escrito gratificação em dinheiro!

— Eu sei disso. — Ela se aproxima e sussurra — E eu falei pra dona Regina! Essa gente se faz de doida, moço. Pra você ter ideia, ela disse que nem lembrava do cartaz, e foi ela mesma quem mandou eu colocar!

O portão está fechado entre eles e há duas câmeras viradas para Maurício. Ele abre uma sacola no chão, destampa um pote de sorvete cheio de carne de panela e sente uma pontada funda no estômago. Vê também um saco de pão pela metade, iogurtes, um queijo de que nunca ouviu falar, requeijão, banana e pacotes de bolacha.

— Eu pus comida aí que ela nem me viu pegando, e nessa outra tem uma blusa de frio.

Agachado no chão, vasculhando as sacolas, a vergonha se mistura ao ódio.

— Tem como chamar tua patroa?

— Não vai ter como, moço, dona Regina não pode descer agora.

Maurício ouve a tosse carregada de Yvete em algum lugar atrás dele e se lembra que trouxe o cartaz no bolso.

— Mas e isso aqui? — Ele insiste, desdobrando o papel — Aqui diz gratificação generosa em dinheiro, eu preciso levar o dinheiro!

— Aí não é comigo, moço, já te expliquei.

— E esse telefone? É da tua patroa?!

— O número não é dela... nem adianta!

Enquanto Maurício busca pelo celular na mochila, a empregada espera com a mão na cintura, ironicamente interessada. No primeiro toque, um sertanejo soa alto no bolso de trás da calça dela.

— Satisfeito? Preciso voltar pro meu serviço.

— Bem ligeira você! Será que você não tá escondendo meu dinheiro aí nesse avental?! — Ele explode, chacoalhando o portão — Hein?! Você roubou meu dinheiro?! Chame aí essa dona Regina, porra! Mande ela descer! Cadê o meu dinheiro?!

Da guarita aparece um velho muito magro, de olhos arregalados e telefone no ouvido.

— Eu tô chamando a polícia!

Ofegante, Maurício se curva com as mãos levantadas e caminha para trás. Quando está recolhendo as sacolas do chão, uma pedra de calçamento passa voando ao seu lado e acerta o vidro da guarita. Yvete toma impulso e consegue trincar o vidro com mais uma pedrada, e num instante Maurício vai da paralisia ao êxtase, pega a pedra do chão e racha o para-brisa de um carro estacionado, arrancando gritos desvairados de

Yvete. Soa um alarme e as pessoas xingam nas janelas dos prédios. Os dois ainda destroem os retrovisores e riscam a lateral do carro antes de saírem correndo.

De madrugada, ao lado das embalagens vazias, Yvete não é mais que um corpo doente e contorcido no chão. Depois de vomitar, Maurício senta perto dela, trêmulo, suportando o frio, a dor, a náusea e o medo. Sua respiração é branca e densa. Ele entra no casulo de cobertores e se abraça ao corpo quente de Yvete, fica ouvindo as ambulâncias e as motos que passam vez ou outra perturbando o silêncio, até que o rumor gentil de um carro se aproxima e estaciona em um lugar próximo. Quando desconfia e resolve olhar, as quatro portas do carro abrem ao mesmo tempo.

— Não — ele suplica, tentando ficar em pé —, não, não, não...

Calças jeans e barras de ferro avançam em direção a eles. Maurício arranca os cobertores, chacoalha Yvete e chama por ela, mas ela mal se move. Ele agarra a mochila e consegue correr até uma distância segura, gritando por socorro e buscando por janelas acesas. Um dos caras empurra Yvete com a ponta da bota, ela levanta a cabeça com dificuldade e encara os homens que a cercam.

CACHORRINHO

Esfregou a boca na pancinha rosa do cachorro e fez cócegas nele com a ponta do nariz, segurou as patinhas e as passou nas bochechas como se o cachorro lhe fizesse um carinho. Eles corriam e gargalhavam, mas não se podiam ouvir as gargalhadas nem os latidos. De repente um estalo — poc! — e o cachorrinho se desfez em fumaça. Neto sentiu o ouvido desentupir com alívio, e a água morna escorreu de dentro da orelha para o travesseiro. Esperou, pasmado, alheio feito quem nasce. Sondava o mistério de acordar e ainda ser de noite, até que foi entendendo: o pijama retorcido, as estrelas verdes no teto, a janela insinuada no escuro. Recolheu as cobertas do chão e vasculhou a cama, foi encontrar Belo-belo quase no pé.

— Belo-belo... — cochichou para a fralda de pano.

Roçou a fralda nas bochechas, evocando o cachorro do sonho. Não lembrava se ele era branco ou manchado, mas ainda podia sentir as orelhas de veludo, o calor da pancinha e o macio dos coxins. Tentou voltar a dormir, cobriu a cabeça e respirou devagar para entrar em um novo túnel de sono, mas a sirene de uma ambulância o despertou de vez.

A casa estava cega e muda, e o rumor dos primeiros carros começava a entrar pela janela. Neto resmungava uma música louca, feita com sons de avião, quando teve a ideia de disparar no escuro e pular na cama da mãe. Se ela pensasse bem, era uma ótima notícia: ele tinha que ganhar um cachorrinho!

— Né, Belo-belo?!

Mas com a excitação veio uma coceira no juízo, e quando estava pronto para chutar as cobertas, suas pernas lembraram da surra da noite anterior. O estômago de Neto despencou, pois era sábado, e justo naquele fim de semana ele estava de castigo.

Tomado pela raiva, apertou Belo-belo contra o rosto, depois fez um rolinho na ponta da fralda e começou a mastigá-la. Nessa hora notou uma coisa esquisita: acendeu o abajur e viu que ainda havia tinta verde debaixo das unhas. Que engraçado! Pôs as mãos em garra, como um urso, e fez força com a mandíbula pronunciada até tremer violentamente. Imaginou que arranhava a cara do burro do Jader outra vez — era por culpa dele que agora estava de castigo.

A confusão tinha começado no recreio.

Uma colega levantava a máscara cada vez que o garfo de plástico ia à boca. Ela não tinha terminado de comer na hora do lanche, agora vagava pelo pátio com um potinho na mão. Mastigava devagar, entediada pelos pedaços de fruta, limpando a mão distraidamente na camisa do Brasil. Neto nem percebeu que a encarava. Na verdade, ele olhava através dela, para lugar nenhum, procurando uma palavra que fizesse rima com "árvore". Descobriu a garota debaixo de uma árvore de verdade, olhando fundo para ele. As bochechas dela se moviam com enfado e um esforço tremendo, e dois olhos de peixe triste pairavam acima da máscara. Neto a achou esquisita e soltou uma gargalhada maluca. Ela saiu batendo os pés, furiosa, só parou no parquinho para olhar um menino que estava vomitando no gramado. Neto também correu, penetrou a multidão bem a tempo de ver o menino abrir o berreiro. Explodiram risadas e gritos de nojo, algumas crianças pulavam como macacos, tomadas de um prazer incontrolável diante da humilhação do colega. A professora chegou carinhosa com uma máscara nova e levou o garoto embora, soluçando e com a cara borrada de tinta amarela e verde.

O Hino Nacional nas caixas de som era o fim do recreio. O parquinho foi esvaziando, mas Neto e os amigos fizeram uma roda em volta da poça de vômito. Ele era o único que não usava uma camisa da Seleção Brasileira. No dia do Verde e Amarelo na escola, ele era verde de cima a baixo — camiseta do Hulk, bermuda de um jeans escuro, mas esverdeado, chuteira de futsal verde e a máscara cirúrgica que a mãe arranjou no caminho.

Eles se consultavam com asco e riam das caretas uns dos outros, até Jader esticar o braço e puxar o garoto ao lado de Neto. No segundo seguinte, Neto estava fora da roda. Os outros três se abraçaram sobre o vômito com as testas grudadas — Neymar, Neymar e Neymar. Neto, que bem ou mal era o Hulk, quis criar caso, Jader e ele também eram amigos de prédio, jogavam bola juntos na quadra do condomínio. Mas aumentaram o volume do Hino Nacional e um afago nas costas o obrigou a ir andando.

A caminho da sala, uma agitação percorreu a criançada — cochichos, assombros e gritinhos. A notícia partiu de Jader e foi se apurando ao longo do fio de meninos e meninas, uma criança depois da outra, até chegar em Neto.

Bruta? Muda...? Guta?!

"Sabia que a mãe do Neto é puta?"

E nada aconteceu. A algazarra seguiu seu rumo completamente imune à palavra nova. Mas pelo resto da tarde os olhares de Jader e dos outros meninos chegaram até Neto e desviaram antes do riso recomeçar.

Ele tentou sorrir para os amigos, mas a palavra desconhecida o invadia, criando uma bola de aflição subindo e descendo na garganta. Por fim entendeu que não estava convidado a rir do fato de sua mãe ser puta. Na hora da saída, ele era um ponto verde solitário no pátio. A menina do potinho também estava lá, e dessa vez os olhos de peixe triste dele se reconheceram nos olhos de peixe triste dela.

— Jader Leme dos Passos e Luiz Emílio Marques Neto — o inspetor anunciou no megafone.

Eles eram os próximos a entrar nos carros dos pais.

— Jader Leme dos Passos e Luiz Emílio Marques Neto.

Neto esmagou o bolo de papel higiênico que a mãe pôs em seu bolso e, quando a cabeleira loira de Jader passou por ele, tentou arrancá-la da cabeça do menino. A outra mão voou espalmada até o nariz de Jader, arrebentando-lhe a cara e a máscara verde-amarela.

Foi uma gritaria, a criançada correu para a grade enquanto as mães e professoras tentavam separá-los.

— Já é a segunda vez que o Neto bate nele! — gritou a mãe de Jader, pegando o filho no colo.

Um apertão no braço e ele estava preso à cadeirinha. A mãe gritava mais alto que o rádio, marcando as frases com tapas no volante. Falava um tanto e virava para trás: "Você tá entendendo, né, Neto?" Ele contava postes, segurando o choro e tentando ignorá-la, apavorado pelo que poderia descobrir se olhasse a mãe nos olhos.

Na garagem do prédio, ela soltou o cinto de segurança do filho com mãos irritadas, e Neto sentiu um bico se formando.

— Vai chorar?! — ameaçou ela, e quando se abaixou para tirá-lo da cadeirinha, Neto a abraçou pela cabeça e — nhac! — encaixou uma mordida com toda força na orelha da mãe.

O berro fez uma senhora de cabelo roxo voltar para assistir. Ela levava um filhote pela coleira, o mais lindo que Neto já viu, e ele o admirou por um instante antes de a mãe lhe estalar um tapa no rosto.

— Cachorrinho! — ela xingou, apertando a orelha com as duas mãos.

Em meio ao choro, a palavra desconhecida cresceu e se debateu na boca do menino até ele não poder mais segurá-la:

— Puta!

A palavra golpeou a mãe e saiu voando pela garagem. A cara dela de dor se transformou em fúria, e Neto entendeu o que viria depois. Tentou correr, mas ela o agarrou. Ficou na ponta do pé, dobrado para trás, engasgando de tanto chorar, até que o primeiro açoite estourou em suas pernas. O segundo e o terceiro desceram tão depressa e com tal descontrole, que o menino pensou que a mãe recebia ajuda para surrá-lo.

No elevador, ela largou as sacolas do supermercado e segurou a testa na palma da mão.

— Perdoa a mamãe, filho? Perdoa a mamãe...

No banho, Neto despejou todos os xampus pelo ralo, esfregou o azulejo com a esponja, lavou o box, fez bochecho e um moicano, gargarejou e descobriu um dente mole, tentou ver o miolo do chuveiro e o chuveiro olhou de volta, espinhento. Saiu do banheiro pelado, molhando a casa. Jantou sozinho enquanto a mãe desinfetava as compras na pia, segurando entre os dedos um cigarro apagado.

— Então o que você vai fazer esse fim de semana, Luiz Emílio?

Luiz Emílio... O nome dele não era Neto?

— Pensar no que eu fiz!

— E o que você fez?

— Briguei na escola. Mas também! — Ele se inflamou — O Jader burro idiota...

— Chega, Luiz Emílio! — A mãe cortou — Termina de jantar, escova os dentes e vai direto pra cama!

Neto sacudiu o cabelo molhado e marchou para o quarto. Um resto de água do banho chacoalhava no ouvido, deixando-o ainda mais bravo. Ignorou Belo-belo, dobrado debaixo do travesseiro, e apagou ele mesmo o abajur. Pensava no cachorrinho da garagem, quando de repente tocaram o interfone. Um cumprimento carinhoso ecoou do lado de fora, no corredor, e a voz velha e felpuda entrou segurando uma risada. A palavra estava agora sentada em seu peito, pesada como chumbo. Ele agarrou Belo-belo e ficou cheirando a fralda, até que o vulto da mãe finalmente apareceu, olhou-o por um momento e encostou a porta sem fazer barulho, deixando Neto no escuro e na companhia de um perfume que levaria tempo para se dissipar.

AS SOBRAS

1

De manhã meu pai estava comigo, à noite só havia marcas da sua passagem pela nossa casa. O par de chinelos gastos, o velho mapa na parede da sala, o presto-barba no lavabo dos fundos, onde gostava de se aprontar sossegado para o trabalho — objetos impregnados com estranheza e distância, ao mesmo tempo sagrados e inúteis.

Ficamos eu e minha mãe, dona Maninha, a quem a delicadeza do apelido caía tão mal.

Eu ainda vivia o sofrimento do enterro quando ela me fez voltar à escola. Nesse dia, cheguei para o almoço e não encontrei os chinelos dele ao lado da porta. O mapa também tinha sumido, no lugar restaram apenas os parafusos perdidos na parede — meu pai era professor de Geografia e aficionado por mapas. Fazia questão de ter um de Curitiba pendurado na sala, criando um aspecto de repartição pública que minha mãe não suportava. Mas tínhamos uma brincadeira que até ela participava com entusiasmo: a qualquer momento meu pai podia gritar um local e nós tínhamos de encontrá-lo e marcá-lo com um alfinete, de modo que, quando ele morreu, o mapa estava salpicado de bolinhas vermelhas e eu sabia os nomes de todos os bairros da cidade. Agora estava tudo no lixo, a casa brilhava e minha mãe surgia pelos cômodos penteada e bem-disposta. Não sei bem por quê, mas assim que entendi o que ela tinha feito, abri o guarda-roupa deles, o que me era proibido, peguei camisas do meu pai e comecei a usá-las. Desse dia em diante, se instalou sobre nós uma sombra que nos pareceu apenas natural.

Fui uma menina dada ao meu pai, nós ríamos de qualquer coisa e eu me parecia com ele até fisicamente. O cabelo cacheado é o mesmo, e a boca grande também, de lábios grossos e dentes fortes grudados uns nos outros, exibindo uma pacífica parede branca ao sorrir. Já minha mãe era pálida, aguada, tinha dentinhos acinzentados e um bico que lhe dava autoridade.

Ostentava o vício em limpeza, secretamente era assim que se vingava das irmãs, de quem dizia terem casas imundas. O traço que ela nunca admitiu, porém, era a ignorância para as finanças. Ela reunia essas minhas tias, que a vida toda maltrataram o meu pai, e insinuava que estávamos perto de falir por desorganização dele. Nada disso era verdade. Acho que ela tinha prazer em contar aos outros sobre a nossa falta de dinheiro, além de que assim era aceita de novo pelas irmãs e passava as tardes sendo adulada por elas. Se eu estivesse por perto, sobrava para mim — "essa aí é igualzinha!" — ela dizia com desgosto, ainda mais quando eu vestia uma das camisas dele.

Se a morte do meu pai foi um choque, a dela foi o contrário. Ela passou anos doente, se imprimindo devagar a cada parede e cada móvel da casa. Perto do fim, tinha um ar introspectivo, com olhares ariscos e silêncios fora de hora.

— Diga, dona Maninha — intimei com bom humor, sem parar de mexer no armário. As janelas estavam abertas e o sol batia nas caixas abarrotadas com blusas de frio.

Ela se ajeitou na cama e gemeu como se deitasse em brasa.

— Aquele menino, o Elton, ele não queria casar com você, Alessandra? O que foi feito daquilo?

A pergunta preencheu o quarto de um jeito horrível. Meu namoro com o Elton tinha terminado há mais de três anos — passava das duas da manhã e nossos amigos já tinham ido embora. Continuamos a beber esparramados no chão da quitinete dele, caçoando de casais que precisavam enfiar um noivado antes do casamento. Era comum falarmos coisas desse tipo com certa amargura e desonestidade, ficando sempre a sensação de algo por dizer. De repente nos calamos para contemplar nossa embriaguez. Eu passei uma música inteira cheirando o limão dos dedos, e Elton olhando o gelo derreter no copo. Não lembro quem começou a rir e abriu as comportas da sinceridade, sei que terminamos abraçados, tortos de mojito e caipirinha, entre gargalhadas e um choro soluçado de alívio, assumindo um para o outro que obviamente éramos gays.

À medida que a doença da minha mãe piorava, o interesse dela pelo meu futuro ganhava tons de acusação e ameaça. Começou reclamando da comida e não demorou a me chamar de porca e preguiçosa. Até morrer, ela listou meus fracassos, vigiou o meu corpo, distorceu minhas palavras e, o que ela considerava o mais importante, impôs que eu achasse um marido e parisse uma criança.

Eram os piores dias da pandemia, e a vacina era uma ideia distante. Pilotar minha CB-300 pela cidade era o meu jeito de escapar por algumas horas. Numa das vezes, na conveniência do posto, uma menina grávida estava entre as gôndolas, imensa. Desde pequena eu ficava nervosa perto de grávidas — o umbigo saltado, a pele esticada da barriga viva —, com pavor que pudessem escorregar e se machucar, ou expelir um feto molhado na minha frente. Eu não tocava em recém-nascidos. Na presença de um, o procedimento era me curvar sobre a criança com admiração e um respeito adulto, como se estivesse diante não de um filhotinho, mas de um achado arqueológico, e dizer elogios com as mãos para trás, evitando tocar a criança e evitando a todo custo pensar que o meu corpo também é capaz de uma gravidez.

Eu era a segunda da fila, tomávamos distância de dois metros uns dos outros respeitando marcações coladas ao piso. A grávida foi até o caixa e parou ao lado de um homem sem máscara, que discutia com o atendente cada vez com mais violência. Tentei me concentrar nas quinquilharias do balcão: isqueiros, aromatizadores de carro e chaveiros de personagens — Pernalonga, Coiote, Piu-Piu, Patolino. Me peguei retribuindo com ternura seus sorrisos de desenho animado, até que minha própria voz surgiu acusadora na minha cabeça.

— Alessandra? — eu me chamei — Alessandra! Você vai deixar ela morrer sem saber?

Senti um estrangulamento e quis colocar o capacete ali mesmo, mas congelei, banhada pela iluminação explosiva da conveniência. Meu rosto se contorceu de aflição pela menina grávida e pela agressividade do sujeito sem máscara, mas principalmente pela vontade de chorar.

Comecei uma carta à minha mãe na mesma noite, mas foi impossível escrever aquelas palavras. Eu a imaginava lendo a carta e na mesma hora as frases se tornavam vulgares. Resolvi contar a verdade inventando uma namorada feliz e bem-sucedida, uma mulher leve, feminina e ligada à família. Minha mãe ficaria em silêncio processando a novidade, talvez passasse uns dias sem falar comigo. No fim trocaríamos um sorriso sem alegria, um lamento civilizado entre duas mulheres adultas, pois assim é a vida, o que se pode fazer?

Levei dias criando coragem. Fechei a cortina do quarto e massageei os pés dela por cima do cobertor, procurando em seu rosto por algo que me ajudasse a começar a história. Nada. Me virei para pegar um remédio na cômoda e comentei que estava namorando há um tempo. Continuei circulando por ali, trocando coisas de lugar, tagarelando na esperança dela me oferecer uma pergunta oportuna, qualquer coisa, mas minhas palavras planavam sozinhas pelo quarto e morriam no chão. Àquela altura, segundo o meu relato constrangido, eu pretendia me casar com alguém sem nome, sem rosto e sem sexo. Então ela esticou o braço e me convidou para junto da cama.

— Achei que nunca fosse me contar. — Chacoalhou minha mão bobamente — É o Elton?!

— Claro que não, mãe! Faz tempo que não existe mais Elton.

Ela soltou minha mão e tocou a minha barriga.

— Mas esse namorado é bom pra você? — perguntou, fazendo um carinho suave com o dedão — Ele te trata bem?

Minha mãe nunca tinha me tocado com afeto semelhante. A cada afago, seu rosto se renovava com uma gratidão que não lhe pertencia, e foi aí que eu entendi. Era ela quem inventava uma história para mim — um bebê crescendo na minha barriga, uma criança brincando no retângulo de grama nos fundos de casa. Meus olhos ficaram quentes. Tive pena da minha mãe, lamentei não termos sido melhores uma para a outra e estarmos num lugar tão equivocado e sem volta.

— É sim, mãe. Ele me trata muito bem.

Ela sorriu ingenuamente só por mais um momento, depois ordenou que eu passasse hidratante nela e apagasse a luz. Morreu sozinha pouco tempo depois.

2

Quantas vezes é preciso fazer uma coisa para dizer que a fez muitas vezes? Comecei a cronometrar corridas de moto de um bairro a outro. Do Pilarzinho ao Água Verde, fazia em catorze minutos, Santa Felicidade-Bairro Alto, vinte e cinco. Acelerava e anotava os tempos no celular — meia hora, vinte minutos, quinze, mais rápido. Chegando a um lugar novo, rodava por ruas menores em busca de janelas com gente viva e seguia rumo a outro canto até a moto resolver voltar para casa.

Me misturei aos motoboys, que governavam as ruas no lockdown. Arrancando com eles no sinaleiro, eu era parte de um exército, e agora eu sabia de onde vinham aqueles gritos na madrugada. Eram eles conversando de cima das motos, brincando, trocando de pista e falando ao celular.

Eu chegava em casa antes de amanhecer, guardava a moto e engolia dois dos calmantes mais fortes que minha mãe tomava. Perdi as contas das noites que passei desse jeito, empurrando o tempo rumo a outra coisa, me distraindo da mentira com que deixei ela morrer.

Certa tarde, saí da cama e fiz um lanche como sempre, mas dessa vez emendei outra dose e assim apaguei por três dias. Acordei bem, quase com prazer, estava fresco e o sol nascia atrás do blecaute. Algumas horas depois, você tocou o interfone e se apresentou como cuidadora — te disseram que ali precisavam desse serviço para uma senhora, então apesar de normalmente não chegar assim na casa dos outros...

— Não preciso mais — te dispensei.

— Ah, já acharam então.

— É que, na verdade... Bom, isso! Já achei uma cuidadora, tá? Muito obrigada.

— Posso deixar meu cartão mesmo assim? Se você pudesse me indicar...

O desânimo na sua voz era de quem sabia que ir até ali seria perda de tempo. Tive pena, achei uma máscara e fui até você. A menina que encontrei no portão não combinava com a mulher do interfone, de boca fechada você não podia ter mais de vinte e um, vinte e dois anos. Vi pela primeira vez as suas orelhas minúsculas e as unhas compridas e delicadas. Você usava sandálias baixas, não um salto pequeno, não uma plataforma de cortiça ou um tênis branco confortável de enfermeira que lhe desse alguns centímetros. Não. Pés à mostra e nem um centímetro a mais. Eu nunca mostrava meus pés a não ser em casa, quando usava chinelos, e era exatamente o caso. De havaianas eu ia, arrastando as solas de borracha como meu pai arrastava. Assim como você, eu também mostrava os meus pés.

— Dulce — li o seu nome no cartão.

— Nome de velha, né? Pode falar!

Te achei engraçada, tentei ver sua boca através da máscara e me deu vontade de contar algo sobre mim.

— O que acontece é que a minha mãe faleceu mês passado.

— Nossa... — você mudou para um tom gentil e profissional — meus sentimentos! Qual era o nome da sua mãe?

Dei outra olhada no seu cartão e meus dentes apareceram.

— O nome dela também era Dulce — respondi, causando o exato efeito que pretendia: nós duas nos entregamos a um histérico ataque de riso.

Foi automático puxar a máscara ao entrar na cozinha, você fez o mesmo para beber água. Não soltei a jarra em nenhum momento — uma garrafa retangular, de vidro rugoso e tampa amarelecida, decadente como tudo na minha casa, coisa de outra época perdida na mão de uma mulher de quase um metro e oitenta usando regata sintética e bermudão. Escorada à mesa, você espiou lá dentro mais de uma vez, sem pudor da própria curiosidade. Não tinha mais ninguém, era só eu. Na parede da sala, acima do aparador, estava o retrato em que minha mãe posa com saúde diante de um fundo de veludo, vigiando quem sentasse no sofá.

— Minha xará? — Você perguntou respeitosamente, e eu fiz que sim.

Dava para sentir a morte dela viajando do escuro do quarto até nós duas na cozinha. Muito em breve você veria todas as janelas trancadas, a cama hospitalar abandonada e o ar parado como numa foto e entenderia que ali ainda era uma casa em luto.

Calculávamos uma à outra com curiosidade enquanto você virava o segundo copo. Somadas, éramos uma mulher média. Eu, alta, corpulenta, boca grande. Você, muito baixa, de mãos e pés delicados e seios que provavelmente machucavam sua coluna. Caberíamos certinho na minha CB-300 dourada, pensei, e te imaginei na minha garupa, abraçada a mim numa via rápida de mil pistas em uma madrugada infinita.

— Mais? — ofereci.

Você esticou o copo e nenhuma de nós estranhou a quantidade absurda de água gelada que estava bebendo.

3

Passamos semanas trancadas, saindo apenas para correr de moto à noite. Eu estava extasiada pela sua juventude, seu otimismo, senso de humor e talento para o sexo. Você era a antítese da minha vida nos últimos anos, Dulce, até a sujeira que nós fazíamos era, para mim, uma linguagem de liberdade. Eu sei que não me protegi, eu estava pedindo, mas você era o mundo e eu precisava do mundo dentro da minha casa.

Te contei todas as minhas histórias e você tirou de mim até os detalhes mais fúteis, sem, no entanto, dividir quase nada da sua vida comigo. Falava do seu passado com tanta indiferença que uma hora parei de perguntar. Era por mim que você se interessava. Lembro dos seus olhares de amor me ouvindo falar, e o já previsível beijo emocionado expressando o quanto você me achava uma mulher forte e especial. Um dia, porém, essa adoração começou a me constranger, e eu me senti acordando arrependida depois de uma festa maravilhosa.

Naquela manhã, você bolou um baseado na mesa e riu sonolenta da própria falta de jeito. Quando finalmente conseguiu acendê-lo, fez uma fumaça gorda e puxou assunto sobre o meu emprego — me irritava como você dizia *emprego*. Eu tinha comentado que trabalhar de entregadora do iFood era uma distração na quarentena. A realidade é que o dinheiro tinha acabado e eu não sabia o que fazer, mas, por trás da efusão, você também estava escondendo uma coisa de mim, não é verdade?

Te devolvi o baseado e continuei largada na cadeira, respondendo com grosseria suas perguntas simpáticas. No canto da mesa estavam a garrafa de café e o adesivo do Papa-Léguas — imenso, feito de um plástico brilhante imitando metal. Você achou que seria engraçado colá-lo no baú da moto, obviamente porque eu entregava marmitas por Curitiba tão rápido quanto ele. Na noite anterior, tirou o presente da mochila com todo o cuidado e me explicou: "é um Papa-Léguas afrontoso, tá vendo? Com uma sobrancelha só erguida, dizendo assim para quem parar do teu lado: 'Daí, cuzão?'".

Colei o adesivo no baú e voltei para ganhar um beijo na varanda. Eu usava as roupas de sempre, do tipo que denunciam entregadores sem experiência: calça preta justa, botas e jaqueta de couro fechada até o pescoço. Subi na moto e coloquei o capacete. Não te vi chegando, você veio por trás e massageou entre as minhas pernas com dedos firmes.

— Tesão de gladiadora — disse, inventando uma relação ridícula entre minhas roupas de moto com um gladiador.

Chequei a bateria do celular outra vez, conferi se a máscara estava na pochete e arranquei para a primeira entrega. Algumas quadras depois, rompendo a névoa de relaxamento da maconha, tive o impulso de dar a volta e te expulsar da minha casa. Você poderia ficar com a caneca gigante que adorava e o que mais quisesse levar pela amizade que fizemos no nosso pouco tempo juntas. Então eu colocaria a casa à venda, mobiliada, pagaria todas as dívidas e compraria um apartamentinho bem enfiado no Água Verde. Passaria lá os meus dias, sozinha, em vez de continuar vivendo amigada com uma mulher.

O celular, preso ao guidão da moto, piscou com um WhatsApp do restaurante — "chega em quanto tempo?" Eu estava parada há mais de dez minutos e sabia que não tinha coragem para nada daquilo. Dei a partida e segui em frente.

Voltei mais cedo para casa, sua máscara não estava pendurada ao lado da porta e eu não queria mesmo que você chegasse logo. Acendi a luminária de chão, que deixava a sala calorosa, revestida de uma substância muito antiga. Me recostei na poltrona e liguei a TV. O jornal mostrava uma casa de repouso onde idosos e familiares podiam se abraçar separados por uma cortina de plástico, paramentados com máscaras, luvas, jalecos e protetores de acrílico. Uma filha cantava para a mãe, e elas se embalavam, abraçadas, chorando e consolando uma à outra.

Eu estava diante da parede onde ficava o mapa do meu pai, ela jamais foi preenchida com outra coisa. Aliás, a mobília da sala nunca foi trocada, o aparador esteve no mesmo lugar a minha vida toda, o móvel da TV, a mesinha de centro e a mesa de jantar também. Minha mãe cuidou da nossa casa com mão militar — "alguém tem que ter capricho!" — ela bufava e fazia um bico. Tentei ler a expressão dela no retrato à meia-luz, mas não havia nenhuma, foi quando algo no sofá chamou minha atenção. As almofadas dispostas duas a duas e, do outro lado da sala, as cadeiras de jantar vazias onde antes deixávamos as toalhas de banho. Eram os seus recados para mim, não eram? Corri pela casa e encontrei todos eles: a pia da cozinha vazia e seca, a cama feita e, no banheiro, nada que te pertencesse. Você não quis me atender, não estava mais entre as últimas conversas no WhatsApp e a foto do seu contato agora era um círculo cinza.

Acordei com o interfone, arrastei os chinelos até a sala e escancarei a porta com um movimento indiferente. Era a primeira vez que eu saía da cama em quase dois dias, e lá fora fazia um sol fraco que não me dava nenhuma pista de que horas eram. Você deixou uma mala na varanda e entrou sem olhar para mim.

— Esqueceu alguma coisa?

— Vim pedir desculpas, te explicar o que aconteceu.

— O que aconteceu é que você foi embora, só isso.

Você sorriu com tristeza e balançou a cabeça como quem diz "ela não entende". Fazia só dois dias, mas eu não estava te reconhecendo, de certa forma acho isso me tranquilizou. Para mim você estava muito bem, parecia descansada e usava um vestido que eu nunca tinha visto. Fiquei te olhando sem falar nada, lembra disso? Estava prestando atenção às gotinhas de suor que apareceram na sua testa, até que você desmoronou no sofá e deixou sair um choro caudaloso. Eu me inclinei, assustada, tentando te ver, mas você escondeu o rosto e disse com a impaciência de quem está farta do assunto:

— Eu tô grávida, Alessandra.

Fiquei esperando você me olhar pelas frestas dos dedos e cair na risada, mas isso não aconteceu.

— Você não tá falando sério. — Me saiu finalmente num fio de voz. — Grávida?! Grávida, grávida...? — repeti a palavra infinitas vezes, tentando arrancar dela um significado.

Até pouco tempo eu não entendia o que me levou a recolher sua mala da varanda e fechar a porta, mas algumas coisas na nossa história são mesmo difíceis de entender.

Nos movemos com cuidado nos dias que se seguiram, talvez por medo de espantar a solução caso ela nos visitasse. Eu trabalhava sem intervalo, mas a velocidade e o vento gelado não estavam ajudando a entender o meu papel naquela equação. Chegava tarde em casa e lá estava você tentando criar uma normalidade, soando ora desesperada, ora cínica, ora nada. Eu te via procurando por um gesto, Dulce, procurando por uma palavra. Desde que voltou, isso foi só o que você fez, buscar a palavra que nos faria reconhecer de novo uma à outra.

No domingo, nas entregas do almoço, um motoboy levou uma fechada e foi atropelado perto de mim. O carro fugiu, outras motos apareceram e eu entendi exatamente o que fazer: acelerar e acompanhar meus colegas, segurar o carro até a polícia chegar, cercá-lo no sinaleiro e segui-lo até em casa se preciso. Vi uma brecha e emparelhei com ele, eu queria ver a cara do desgraçado, tirar a paz do filho da puta enquanto não prestasse socorro ao nosso amigo. Quando me aproximei, ele colocou um revólver para fora, atirou para o alto e mirou em mim.

— Saudade de passear de moto.

Você me recebeu com um sorriso descomplicado na varanda, implorando que eu interagisse. O Papa-Léguas me desafiava a te dizer algo de volta.

— Tem comida no baú — respondi enquanto me despia na garagem. Eu estava em choque. Entrei em casa, desliguei o celular e engoli os dois últimos comprimidos do frasco da minha mãe.

Na manhã seguinte, tirei uma carne do congelador e pus a água do café para ferver. Recusei uma entrega no aplicativo e meditei com ódio e tristeza sobre a mensagem que chegou no grupo. Nosso companheiro teria o pé amputado — eu sabia de cor a placa do carro, reconheceria o cara até no escuro... foi a sua voz e a banalidade do que você disse que me trouxe de volta.

— Esses dias eu fiz café com quatro colheres em vez de três — você gritou da sala —, achei que ficou melhor!

Minha mãe te assistia descascar uma laranja no sofá. Eu não pensava seriamente sobre isso, mas não me surpreenderia se ela andasse por ali, horrorizada com o que a minha vida estava virando. De repente tudo ficou claro, senti o rosto queimar e não segurei um riso discreto de desforra. Mas ela via o que eu via? Dentro da nossa casa, um pouco do mundo parava de morrer.

Você deixou meia laranja perto de mim enquanto eu enchia sua caneca. Quando esticou o braço para

pegá-la, puxei a caneca de volta num reflexo que aca-
bava de nascer.

— Mas você pode beber café?

Lucas é paranaense-mineiro e vive em Curitiba

Contato
barrosmoural@outlook.com

Este livro foi produzido no Laboratório Gráfico
Arte & Letra, com impressão em risografia
e encadernação manual.